Helena Gold
O Doce Blues da Salamandra

WALTER MOREIRA SANTOS

HELENA GOLD
O DOCE BLUES DA SALAMANDRA

(*Veratrum album* 1987)

GERAÇÃO EDITORIAL

HELENA GOLD - O DOCE BLUES DA SALAMANDRA

1ª edição – Setembro de 2003

Editor:
Luiz Fernando Emediato

Editora assistente:
Ana Carolina Mesquita

Capa:
Victor Burton

Diagramação e editoração eletrônica:
ABBĀ Produção Editorial Ltda.

Dados Internacionais de Catalogação na Publicação (CIP)
(Câmara Brasileira do Livro)

Santos, Walter Moreira
Helena Gold : o doce blues da salamandra /
Walter Moreira Santos. -- São Paulo :
Geração Editorial, 2003.

ISBN-85-7509-087-9

1. Feminismo 2. Ficção brasileira I. Título

03-2987 CDD-869.93

Índices para catálogo sistemático:

1. Ficção : Literatura brasileira 869.93

GERAÇÃO DE COMUNICAÇÃO INTEGRADA COMERCIAL LTDA.
Rua Professor João Arruda, 285 – 05012-000 – São Paulo – SP – Brasil
Tel./Fax: (11) 3872-0984

GERAÇÃO NA INTERNET
www.geracaobooks.com.br
geracao@geracaobooks.com.br

2003
Impresso no Brasil
Printed in Brazil

Para Zuleide Santos, Visão do esplendor
Para Hilda Hilst
Sheila Pimentel
e Renata Sorrah

E todos, de alguma maneira, levamos
algo de ilegal no coração.
Todos, enfim, estamos em fuga.

João Anzanello Carrascoza, Hotel Solidão

Deus busca aquilo que foge (Ecl 3.15).

Índice

HELENA GOLD

A Escada

Durante quase nove anos ela subiu e desceu aquela escada; devagar, algumas vezes depressa, algumas vezes sonolenta. Fizera sexo nessa escada. Outras vezes pendurara enfeites no Natal. Parada agora estava, no ponto exato entre o sopé e o topo – olhando o homem estendido no chão, lá embaixo. Um fio vermelho partia de uma das narinas dele. Ela treme muito levemente: sua mão no corrimão, tão ávida por segurança. Porém, aos poucos, um a um, conseguiu vencer os degraus, passar ao largo do corpo e chegar à porta – esses que foram os passos mais duramente firmados de toda a sua vida.

Lá fora a esperava uma claridade tão grande que chegava a ser violenta. Uma manhã de sol como nunca.

Um dia particularmente tranqüilo.

A Estrada

"A multidão dos meus erros
me torna clarividente."
Adélia Prado

Externa. Uma estrada plana. Um generoso sol de Verão cobre tudo.

Ela acabou descobrindo que de nada valia, de nada; o chão era o mesmo após ter percorrido milhares (?) de quilômetros. Tomar a grande auto-estrada e ir-se até o limite de suas forças não era o suficiente. Então parou o carro.

O céu claro, muitíssimo; um passarinho aquilo ali? Sim. Nada faltava: era verão. Aprendera desde criança que no verão nada faltava. Do azul profundo do céu de brigadeiro ao brilho do sol no asfalto. Tudo refletia o que era bom. E na solidão da estrada, ela. No centro de tudo. O mundo quedava-se perfeito em meio à tarde de verão. Até onde sua vista alcançava, tudo era perfeito. Ela se assemelhando à natureza daquela perfeição.

Estava cansada, dirigir não era para mulheres, já disseram. Mas quem se lembrava de ser uma mulher enquanto guiava? Então ela pensou num banho – no banho sim, ou quando olhava no espelho seu rosto comum mas de algum modo atraente. Como uma ave estranha e escura. Difícil não desejar um banho, com todo aquele calor e o ar-condicionado do carro quebrado.

Deus, suspirou. Naquele momento um banho seria a coisa certa a fazer. Mas ela não queria pensar em nada por enquanto. Era do valor que ela fugia. Como se conceitos como bom e ruim tivessem acabado. Desde sempre, o valor fizera parte de sua vida, chegara a ser o topo do que fora sua vida, fora acima dela, como a coisa mais importante. E tudo isso tinha acabado. Ela estava como o céu do meio-dia: vasta, sem nenhuma nuvem. Azul.

Tirou o sutiã. Com um gesto, passou a peça pela manga da blusa. Branco e transparente, ele pendeu ao lado de sua perna enquanto ela olhava o horizonte, enquanto os seus seios, rápidos e duros, arranharam a sutileza da blusa fina, igualmente brancos e inocentes. Sem espelhos era difícil dizer se eram belos – só via a si mesma no espelho, ou quando menina; lá, no rosa da infância, era fácil se encontrar olhando-se. Como se ser adulta fosse sempre sinônimo de passar mais tempo diante do espelho e gostar cada vez menos. O marido, por exemplo, jamais admirara aqueles peitos.

Voltou ao carro, à estrada. Não havia nenhuma dificuldade. Estava tudo claro. Agora ela não passava de uma ex-jornalista, ex-esposa, ex-escritora, ex-maníaca-depressiva e, provavelmente, assassina. Ela pensou nessas coisas e suspirou. Ninguém poderia dizer que ela não tinha motivos para pisar fundo no acelerador. E ela acelera. À sua frente apenas a imensidão do mundo apontando para a estrada deserta, o azul do céu, a passagem de um livro guardada na memória: *"Quer ouvir uma verdade? Uma grande verdade? Se lhe restar alguma coisa nesta vida, qualquer coisa, ame-a."* E agora ela amava a liberdade. Do corpo, da ação, do pensamento. Era o que lhe havia restado, o desejo pela liberdade e o Grande Desconhecido. Dirigir até a estrada acabar – em algum ponto tudo acaba. Naturalmente que seus peitos eram belos, ainda que o marido tivesse dito um dia "é, são...", com total desinteresse. Deus, suspirou outra vez.

* * *

Estava pensando no quanto sujara a saia ao descer, em suas roupas cor de poeira, quando um caminhão começou a despontar ao longe.

A BR-107 era pouco trafegada, quase obsoleta para quem não ficasse em suas proximidades. O que lhe era conveniente. Ela não queria chegar tão cedo ao seu destino, não sabia nem se queria chegar, nem como. Uma única vez em toda sua vida ela se sentira assim, desconexa, fora da realidade: quando em criança fora flagrada olhando o pai, nu. A coisa que ele levava por entre as pernas lhe pareceu torta, confusa e imensamente grande, principalmente depois do episódio. Também era verão naquela tarde; ele, à beira da piscina, bêbado, a mãe... não, ela não se lembrava onde estava a mãe, possivelmente estava procurando-a quando o encontrou, quando chegou até a piscina. Ele esquecera que estava nu, riu para ela, estendeu os braços, ela foi, devagarinho, mas foi. Bêbado, súbito, ele berrou, e ela tão próxima, olhando-o fixamente como nunca olharia para mais nada nesta vida. Então ela saiu em disparada. Correu, correu, num momento parecia uma brincadeira. Um jogo cansativo. Ela chegou à cozinha só e só ficou. Porém a presença dele era ameaçadora e a acompanhava enquanto buscava a mãe. A necessidade de um copo d'água era menor que o conforto de sentar-se à mesa, quieta. Ela não ousava ir até a geladeira pois teria que passar em frente da janela que dava para fora, para a piscina. Na mesa havia uns talheres decorados com os personagens de Disney, novos – começou a empilhá-los, caíam, sempre caíam, ficavam como a coisa do pai: deitados, desequilibrados e extravagantes, e ela os segurava fortemente e de novo recomeçava. Tentava se absorver, não pensar, e não pôde: era grande e feio e ele gritara com ela por causa *daquilo*. Os garfos e as facas eram muito mais belos, contudo não paravam empilhados; nada parecia estar sob controle. Demorou-se na cozinha, até que, quase esquecida do episódio, foi perambular pelo corredor.

Ele esperava-a, e estava diferente, a coisa inclusive, a coisa principalmente. Ela deslizou pelas paredes e entrou no primeiro quarto: tudo sem um grito ou gesto brusco, e só parou na entrada do armário embutido. Das mãos descendo sobre os ombros ela se lembra (naquela época não precisava do sutiã). Das mãos fazendo descer sua peça íntima até os joelhos, ela se lembra. Do cabelo grisalho dele, colado à testa pelo suor. Da voz da mãe chamando-a ao longe, depois. Quando já não era necessário.

Era quente o dia e também por isso ela se lembrava de tudo agora, e se lembrava também dos sonhos que a acompanharam na adolescência: neles o pai entrava furioso e a violentava em cima da mesa, entre os talheres, o Pato Donald rindo, colheres, facas, garfos caindo aos milhões em câmera lenta, enchendo o ar com um fino repicar de sinos, no infinito. Da última vez que o sonho se repetiu, o homem em cima dela com o hálito barrento de álcool num passe de mágica ficou com a cara do marido.

* * *

Penso nela caminhando por entre as azaléias, de volta da escola. Podia ainda saltitar com a saia plissada e sem mácula. Mas não estava mais sozinha. Acompanhava-a uma outra ela mesma, antagônica e estranha. Inquieta. Não havia como evitar os extremos das emoções. O frio que se sente quando se é violentado nunca passa por completo. E não se pode dizer a si mesmo: não pense nisso nunca mais, esqueça, esqueça. A mente é uma obstinada. A mente não aceita ordens. A uma criança violentada nunca se deve pedir para esquecer. Pois o esquecimento é um luxo que a dor não conhece.

* * *

O enorme caminhão deslocou um punhado de vento, uma violência que fez companhia com o sol forte. Ainda assim o profundo azul do céu, em calmaria. Ela procurou uns cassetes onde havia gravado algumas músicas andinas: lhamas e o deslumbramento do sagrado lago Titicaca encheram-na de amor – mais carros passaram –, um amor solitário de viajante. Algum dia iria a Machu Picchu. Certa vez tentara convencer o marido.

"Não! Não há nada lá, só pedras. Nova York sim, em Nova York tem o que ver! Paris você conhece. Lembra como queria conhecer Paris e eu te levei? Agora escolho eu!" Lá se foram – mas fica tão perto, o Peru fica tão perto, tentava ela, argumentando sem parar (já no vôo para Nova York), de nada adiantou – felizmente, em Nova York havia o que ver. O Central Park era exatamente como imaginara que fosse, era quase uma frustração porque não sobrava muito para seu prazer, queria algo mais, uma surpresa, um incidente ou gravidade qualquer acontecendo. Era belo, verde, pois sim: em Machu Picchu também havia verde, e muito. Não era um grande consolo sabê-lo. Naquele tempo ela não entendia que algumas coisas levam tempo – o inverno, quando se está na primavera; a plena maturidade de um carvalho; e o amor. A mais exigente de todas as coisas que crescem. Que, no homem, era menor que uma semente de mostarda.

* * *

Penso nela como alguém desejando um homem capaz de consertar a cerca do jardim ele mesmo enquanto ela observa, encantada, um bando de passarinhos em algazarra no fio do poste em frente. Penso que em criança ela provavelmente fez essas escolhas, teve esses desejos. E ainda os tem. Enlouquecer nunca foi o bastante.

* * *

Surge a primeira ladeira. E a felicidade que é vencer um aclive.

O mundo prata. O asfalto. O mundo reduzido a poucas cores. Na intensidade do dia aberto ao meio, nas dobras do dia, tudo era prata. Não havia lugar para o negro da submissão, que pertencia ao marido. Era um tanto mórbido pensar nele nestes termos, nos ternos escuros dele e na escuridão de sua personalidade opressora. Nos tons graves dos caixões e velórios, nas conseqüências naturais da queda, mas ela não pôde evitar. Como não pôde evitar a certeza de jamais ter sido enganada. Os modos predestinados do marido sempre estiveram presentes. Desde a primeira vez que o viu e algo dentro dela disse "pronto". E a luz se fez. Seu pai dissera quando o conheceu: "Um homem decidido, bem intencionado". Na época ela não precisava de aprovações. Mesmo que soubesse que ele havia saído dos Grimódios*, a decisão estava tomada. Houve um tempo que se chamou *Pronto*. Por outro lado era bom que o dr. Saul Stern, seu pai, com todos os cabelos bran-

* Grimódios: manuscritos que tratavam de bruxaria e magia na Idade Média, onde estava escrito o nome de todos os demônios (*Malleus Malleficarum*).

cos e respeitável como um Moisés, dissesse sim, estivesse sorrindo diante do casal, sob um sol morno que começava a tirar lascas de brilhos do vestido de noiva.

Ao negro do passado se sobrepunha a claridade da tarde. Como se o mundo pudesse ser visto em duas cores, como enxergam os cães. Ela riu, sentindo-se uma cadela em delírio, sem destino. Deus, repetiu mais uma vez, chocada.

* * *

Penso nela como alguém que gostaria de ter tido três filhos, uma casa grande num bairro cercado de árvores antigas e um homem. E que esse homem, pelo menos uma vez por mês, pousasse nela um olhar demorado. Quanto ao sexo, para ela não seria o mais importante. Ela só precisava sentir-se amada. Não precisaria saber o quanto, a real medida, porque nem a medida do amor que se sente, sabe-se.

* * *

Abriu o porta-luvas e esbarrou em um vidro escuro onde estava escrito *Veratrum album** (há muito deixara de

* *Veratrum album*: *Helleborum album*. Pertencente às *Lilliaceae*. Um grande remédio do colapso. Sensação de queimadura interna. Dor de cabeça com náusea. Sede violenta. Mania sexual antes das regras. Mania religiosa ou amorosa, com desejo de despedaçar as roupas. Melancolia atônita. Estupor. Frenesi. (Guia de medicina homeopática, dr. Nilo Cairo).

tomar aquela porcaria e no entanto o vidro continuava ali). Rolou o vidrinho entre os dedos e o devolveu ao porta-luvas, embora já houvesse decidido que não tomaria aquela porcaria nunca mais. Psiquiatra algum a conhecia. O médico não a conhecia. O marido ou o pai, menos ainda. E a prova era bem clara: o que fizera de madrugada, o marido que empurrara da escada, o pai que começava a dar ao esquecimento. Ninguém a conhecia.

Trocou o cassete. Billie Holiday começou a cantar *Tenderly.* E logo em seguida, *But beautiful.*

Love is funny or it's sad
Or it's quit or it's mad
It's a good thing or it's bad

De novo o calor. E sede.

But beautiful
Beautiful to take a chance and if you fall,
you fall
And I'm thinking I wouldn't mind at all

Duas lágrimas quentes teimam em cair.

Love is tearful or it's gay
It's a problem or it's a play
It's a heartache either way

Desabotoou a blusa com dificuldade; esfregou a mão no rosto que acreditava comum. Como se fosse uma antiga atriz que paulatinamente vê o rosto envelhecer na tela. Ela, que não precisava passar pela experiência do envelhecimento porque começava a amadurecer por dentro.

* * *

Vinha uma caminhonete logo atrás, mas ela não se importou. Instintivamente levou a mão até o assento vizinho. Lucile, a cadela, não estava. Você faz falta, Lucile, deveria ter vindo comigo, mas você correu e se escondeu... nunca gostou de barulho e depois que Mário despencou da escada... Será que ficou lá, lambendo seu sangue? Nunca, você é humana demais para demonstrar afeto. Ah, Lucile, você faz falta como só uma cadela pode fazer!

But beautiful
And I'm thinking if you were mine
I'd never let you go
And that would be
But beautiful
I know

* * *

A caminhonete a ultrapassou. Um senhor de chapéu guiava-a. Ela notou a menina ao lado do homem e acompanhou o carro até que este saiu da estrada, em direção a um motel.

Procurou outro cassete. Encontrou um Astor Piazzolla, que pertencia ao marido. Não fazia qualquer diferença porque nesse momento ela se deu conta de que pensava nele como se o próprio não mais existisse. Veio rápido, superior a qualquer esforço contrário: pensara em Mário como se o próprio não só estivesse morto e sepultado, mas, também, fizesse parte de um passado longínquo. A imagem dele avançou, de um homem que jazia com o nariz sangrando, para um homem com a face apagada, a quem até podia-se amar. Na distância. Ainda assim, optou por um cassete contendo o *Bolero*, de Ravel.

Sua Michele estava com a "Tia". Seis anos, olhos claros como os do avô, cabelos castanhos como os da avó, parecendo que nascera mais para neta que para filha. Quase nada de Mário; dela, apenas o sexo. Uma linda menina, fora bom ouvir o médico dizê-lo. E era mesmo linda e como crescera! Estava certa de que a primeira coisa que Michele faria quando a visse chegando seria perguntar pela cadela; não se lembraria logo do pai, com o tempo – quanto? cinco, seis, oito segundos? – perguntaria: "Por que papai não veio?", assim tornando a coisa mais difícil.

O som de dois carros que se aproveitavam da estrada deserta para um pega a estremeceu.

Por um momento ela desejou que o que havia acontecido pela madrugada tivesse sido apenas o marido pregando uma de suas peças; se não fosse mais um de seus truques... tinha esperanças de que o deixara bem, que o fato de ele ter "rolado" escada abaixo após a discussão não tirara dele a insistência de viver, de ser "decidido", como o pai dela costumava dizer. Voltar para a filha lhe pesou muito. Ela não estava acostumada a mentir.

Esperaria – ensaiava – que a menina comesse todo o jantar e tentaria explicar, num canto sossegado, que papai brigara com a mamãe e que acabara por despencar da escada e que finalmente não se preocupasse porque papai era forte.

Seria de partir o coração se depois de ouvir a tudo, calada, ela, pequena e indefesa, seis anos de fragilidade e cabelos cacheados, perguntasse se depois o papai retornaria com a cadelinha.

Diminuiu a velocidade. Amo você, Michele. Contudo, não tinha sequer uma foto da criança no carro ou na carteira. No porta-luvas só o resto de um maço de cigarros mentolados, mais cancerígenos que os outros, diziam; pertencentes ao marido.

* * *

Penso nela como sendo uma mulher que não teme o silêncio da noite ou a claridade extrema do meio-dia. Nunca penso nela como alguém que diz: "Olhe só o que a dor fez comigo: transformou-me numa louca". Mesmo que isso fosse verdade.

* * *

Quinze horas e um pouco mais, olhara, logo após encontrar o inesperado: ao lado da estrada, numa área com vegetação densa, a primeira que encontrara, ela VIRA, foi muito rápido porque acelerou em seguida. O susto aconteceu: um homem, o marido, estava numa cadeira de balanço, de costas para a estrada. Ela acelera muito rapidamente, e fica a olhar pelo espelho retrovisor, e na distância cada vez mais exigente com sua vista.

Mais árvores. Casas. Chão. Sede.

O homem sentado à cadeira que ficara para trás não se parecia tanto com o marido... Deveria estar no quintal de sua casa, assim ela achava. Apesar de não ter visto nenhuma residência, mas haveria uma, não estava ficando louca. As árvores eram altas e provavelmente a ocultaram. Uma fome disfarçada de náusea começou a lhe doer o estômago.

Retirou o cassete. Ligou o rádio. Certamente poderia ter chegado, se pegasse a outra rodovia, mas queria pensar, ir-se e pensar muito, e nem isso. Às vezes tudo o que se quer é encontrar um lugar onde se possa permanecer e não pensar em nada. Só chegaria à noite, perto das dezenove horas, se continuasse naquele compasso devagar; apressando-se talvez chegasse às dezessete.

Enquanto isso, era necessário conservar o que chamavam de vida dentro da redoma, em animação suspensa. Também não pensara ainda. Não chegara a uma solução. É claro que nutria a esperança de que na manhã do dia seguinte tudo seria mais fácil, sem sustos, um homem numa cadeira de balanço seria uma coisa sem importância outra vez. Apenas um estranho.

Um milagre as estradas estarem boas, um privilégio não ter que se preocupar com isso, coisa de lugar pouco trafegado; ela também era assim, uma mulher sem muito uso.

Algumas aves voavam de árvore em árvore, de pedra em pedra, parecendo inúteis, sem muita função aparente no mundo; três aguardavam pousadas numa placa do cruzamento, onde estava escrito *São Bartholomeu*. Ela não conhecia nem de ouvir falar. Ela temeu estar perdida, depois temeu gostar da idéia da perdição porque esta era uma grande investida pelo território do desconhecido. As aves continuaram paradas na placa como que desconhecendo outra atitude.

Alcançou um caminhão com gado, que deveria vir de algum dos cruzamentos que margeavam a estrada, que davam acessos a cidadezinhas. Talvez fosse o momento de procurar uma terra, passar o resto da vida no campo, morrer como um sol, naturalmente morno na imensidão de uma floresta. Talvez fosse o momento de procurar uma terra, como se tivesse sem raiz. Sim, como se de um mal brotasse um fruto são. Deus, suspirou. Era como se tudo clareasse. Podia-se notar a marca da lágrima que secara.

Diminui. Durante uns minutos ela segue atrás do carro, lerda, sem ultrapassá-lo. E olha o gado – uns olhos tristes, todos eles; no fim do dia então pareciam mais tristes ainda. Gado, vento; adivinhavam seu destino? Alguém lhe disse que sim, que pressentiam o abate, o instante em que a paulada desceria sobre suas nucas mansas e crespas, depois a queda... como rolar de uma escada. Ela sentiu pena de ambos. Uma pena destituída de culpa, por fim.

* * *

Foi sua primeira ultrapassagem desde que saíra da capital. O homem do caminhão viu sua blusa aberta, os peitos expostos, então buzinou e acelerou, tentando acompanhá-la. Ela compartilhava o segredo de estar sendo assediada apenas com o gado, que sacoleja, vítima do esforço do homem para alcançá-la. Ninguém mais na estrada.

Algumas oficinas, casas pequenas, perto de uma cidadezinha qualquer. Ela se certifica de que jamais passara por ali. *Campo Belo*, dizia a placa. Quando tudo o que havia em volta eram mocambos e oficinas.

O motorista continuou tentando alcançá-la. Até que, a uma boa distância, depois de uma manobra rápida, o caminhão com gado entrou em Campo Belo.

Chamo teu nome, Johnny love, love

Grito teu nome... Johnny, Johnny, a letra morreu na garganta da cantora através do rádio. Ela olhou pelo retrovisor, num adeus ao homem no caminhão.

Eram exatamente dezessete horas e dois minutos quando ela viu a placa: *Posto Machu Picchu*. Aquilo só podia ser um sinal. Então ela fez a única coisa sensata naquele momento: parar para reabastecer.

Encostou próximo ao posto de gasolina.
Fome, poeira, suor. Ela lambe o lábio superior.

* * *

O Posto Machu Picchu parecia uma paisagem no deserto; uma paisagem que ela não olhava, tão perdida em si. Como se ela fosse uma curiosidade espiritual, uma ficção, uma pintura. Ouvia o marido rindo, nitidamente. Exatamente: ouvia, ver era quase impossível: as últimas imagens do marido se turvaram dentro dela. Possivelmente por isso parara. Sabia que no riso longínquo ele revelava coisas sérias: "Veja a que ponto chegou, tentando matar o próprio marido!" Mesmo na distância ele tinha poder.

Lá fora, a vida em sua totalidade se resumia em um posto de gasolina à sua frente. O carro tão pequenino naquele fim de mundo, o céu tão vasto, a estrada deserta, apenas o posto como um ponto de referência no universo. Seria bom recomeçar a caminhar em terreno simples, comum, outra vez. Na tarde alta, o carro encostado, o Posto Machu Picchu. Enfim chegara a Machu Picchu. Por um instante era como se tudo houvesse coincidido num não-tempo. E se aclarasse. Ela poderia ficar ali parada porque o que vivia era um daqueles momentos que fora roubado da rotina de outra pessoa. Um momento-*insight*. De fato ela começava a viver a vida de outra pessoa. Uma outra ela mesma que, é verdade, também possuía uma filha, um ex-marido e precisava da paz aparente das explicações, mas que, enfim, chegara a algum lugar. Mesmo que houvesse perguntas, como: depois de ter chegado à casa da amiga e pegado Michele, para onde? O monte onde se fizera deusa, esse pedestal enorme armazenado por mais de três décadas embaixo dos seus pés era nada mais nada menos que um monte de coisas mal resolvidas e a tudo ela dera títulos de vitórias. Descia agora ao mundo. Ai, como havia espinhos no mundo e ai, como seus pés eram delicados! Oh existiam os sofredores! Ela própria fora um ente que sofria. Como pudera esquecer? Daria um jeito.

Fora preciso mais de trinta anos para que do suor, da sede e da fome surgisse uma mulher.

* * *

Penso nela como sendo capaz de ter escrito o que Frida Kahlo registrou em seu diário: "Eu não sou uma surrealista, eu nunca pintei sonhos. Eu pintei minha própria realidade." Igual à pintora mexicana, ela se acidentou, um dia.

* * *

Em seu vôo cego um inseto esbarrou no vidro. Era uma esperança. Foi assim que ela voltou a si. Atacou a blusa. Lambeu os lábios. E deslizou em direção às bombas de gasolina.

A Parada

"Necessitarei ainda de quantas paixões para amansar meu orgulho e me deixar ver de frente, de costas, de quatro, comendo, descomendo, sem turvar meus olhos?"
"Ó Senhor, eu quero amar tudo."
Adélia Prado

O homem de meia-idade usava chapéu, *jeans*, e enquanto era atendido pelo frentista contava uma piada sobre bombas de gasolina: "– Daí o marciano gay perguntou pelo rádio: 'vai logo, conta como é o que interessa dos terráqueos!', daí o outro marciano que estava em Terra e via as bombas de gasolina respondeu feliz 'ah, é grande, enorme! Dá uma volta pelo corpo e pendura na orelha!'".

Do seu carro ela ouviu tudo.

O rapaz que atendia ao comediante casual riu solto.

Ela esperou distanciada ainda até que o homem se foi. De certa forma o carro que ele usava não lhe era estranho e, eventualmente, ele também não. Tentou ler a placa, sem sucesso; ele voltou para a estrada.

No momento em que passou a atendê-la ela notou que o rapaz era um pouco diferente. Ou fora o sol, que tornara sua vista mistificadora. A pele queimada, longe da brancura que em sua família fora considerada como sã. Era assim que deveria ser um homem.

Enquanto ele completava o tanque, ela explicou que ficaria por ali, que iria só na manhã seguinte. Ele parou para observá-la mais de perto, e nem por um segundo ela se importou com o modo como ele lhe olhava os peitos.

Em um lugarzinho qualquer uma mulher nunca antes vista na face da Terra desce de um automóvel sob o crepúsculo, confia a chave do carro a um estranho e procura o toalete.

* * *

> *Penso nela como um daqueles tipos de mulher que não teme a solidão das tardes de domingo ou o vazio que toma as cidades, de assalto, na madrugada. Apesar dos problemas. A vida só seria um susto se fosse uma queda breve. Porque se a vida fosse uma queda sem fim, podia-se dormir, amar, fazer planos; podia-se até mesmo ter esperanças e, ainda assim, continuar caindo.*

* * *

Abriu a torneira. A água agradava-lhe como agrada uma coisa simples. Na concha das mãos toma bastante daquela água salobra e encardida pela ferrugem do encanamento. Depois junta os cabelos e se mira no espelho. Era quase noite e uma mulher nascia. Não mais havia fome, ela tinha apenas um oco de falta. Náusea e secura.

Ela volta com a cara úmida, já acostumada à tonalidade suja da roupa. Na recepção ela acerta a estadia, pega as chaves do quarto. "Não, nenhuma bagagem".

Descobre que o próprio recepcionista era o dono da pousada e de tudo ali. Na sala modestamente arrumada umas miçangas, dois enormes vasos vermelhos no chão, paredes cobertas por tijolinhos igualmente vermelhos, assentos verde-musgo; estranhamente, tudo combinando com um monte de revistas numa mesinha de vime.

Reconheceu entre as várias revistas uma em que fora redatora. Aquilo parecia fazer séculos. Seu nome chegara aquele lugar antes dela. Sorriu. O ambiente repousava numa penumbra macia, ali ninguém tinha pressa em acender as luzes. Por um momento o dono do posto deixa-a sozinha; ela se senta, cruza as pernas e relaxa. O lugar vai servir.

Ao voltar, o homem sóbrio se dispôs a mostrar o quarto, o 8. Os outros estavam ocupados? ela quis saber; não, respondeu o homem, não há ninguém hospedado, é que aquele era o melhor que possuía. E de fato, em vez de estar lado a lado com os outros sete cubículos de aparência exterior igual, o quarto número oito estava localizado acima do que parecia ser uma garagem – chegava-se a ele através de uma pequena escada, tudo fazendo lembrar uma casa na árvore. O aparelho de ar-condicionado estava em evidência.

Pequenas flores amarelas adornavam o caminho. E ela sensível à cor mais que o costume, se perguntou se seria também aquele homem o responsável.

Ela não quis subir de imediato. Ele se deu conta de que ela sorria, e por um instante ficou sem jeito. Mas nada disseram um ao outro, como se falassem idiomas diferentes. Ela deu uns passos em direção à recepção, mas acabou saindo do prédio, indo em direção à BR, às bombas de gasolina. O homem deixou-a sozinha, do lado de fora.

Do lugar onde estava, sentada numa pedra ainda aquecida pelo sol da tarde, ela permaneceu assistindo ao pôr-do-sol com seus grandes olhos pensativos. Não via o rapaz que atendia junto às bombas, até que chegou uma moto e ele apareceu, como por encanto. O barulho infernal que a máquina trouxe perturbou sua paz, quebrando a sensação de pertinência que já havia se instalado nela. A garota que acompanhava o rapaz da moto encarou-a. Será que estava certa? Havia um riso irônico pregado na cara da moça. Um sorriso que parecia dizer "Ei, eu conheço essa mulher! Não é aquela que empurrou o marido escada abaixo e saiu sem rumo, como uma doida?!"

Ela se levanta. A moto e seus ocupantes voltam para o seu destino, na estrada. Ela faz que não nota o aceno do jovem à sua passagem. Ele esfrega as mãos no macacão, sem perdê-la de vista.

* * *

Dentro o calor é quase infernal. O barzinho era comprido, mistura de lanchonete e clube: cores soturnas misturadas ao azul e brancos assépticos. A mulher feia por trás do balcão não lhe sorri.

Ela se senta na última mesa, perto da janela, e fica mitigando a fome com a música que soa baixinho. A velha radiola de fichas a um canto tem um ar digno. Toca uma música muito velha, um bolero, uma música que faz um fundo musical perfeito com a simplicidade do lugar. Ela se lembrou de uma matéria que fez quando trabalhava na revista, uma matéria sobre a música através dos tempos; desde então o hábito de comprar música folclórica de países distantes; Índia, China, Angola, Peru. A música é substituída. No lugar do bolero toca uma dessas músicas da moda, de melodia enfadonha e letra sem sentido. Ela acompanha o compasso, mesmo não combinando com ela, que se acha relicária.

Com o sem-sorriso de antes a mulher do balcão se aproximou e lhe entregou o cardápio. Churrasco era a coisa mais sólida que havia; ela escolhe, mesmo se lembrando de tantas matérias que fizera sobre alimentação natural e mesmo se lembrando dos perigos das refeições nos bares de beira de estrada. Pede, também, um drinque.

* * *

Ela olha através da janela. Está absorvida pela imagem do rapaz das bombas (masca um talo de capim enquanto folheia um caderno). Ali estava alguém com quem gostaria de viajar. Quando desvia os olhos, ela vê o dono do posto conversar com a mulher do balcão.

* * *

INTERNA. NOITE. PERSONAGENS À MEIA-LUZ – MÚSICA SUAVE ENTRECORTADA PELO TRÁFEGO PESADO E PELA LUZ DE CAMINHÕES QUE, UMA VEZ OU OUTRA, ATRAVESSA A JANELA

O dono do Posto trouxera o drinque e dissera algo que ela já não recordava. De repente ela se percebeu falando descontraidamente; desde muito não falava assim, possivelmente desde o tempo de faculdade.

– Está vendo? Quase ninguém percebe que "safado" vem de se safar. Safado é apenas alguém com sorte, alguém que se salvou, apenas isso – diz ela.

Falava de si mesma. Ele ri.

Bem... poderia acontecer. Poderia ser verdade. Afinal havia ali um homem, uma mulher; como nos filmes franceses, ou nos livros, nos romances barrocos ou nos *blues* mais antigos.

Ela se sentia "explicante" e límpida, fazendo com que tudo fosse... simples. Por sua vez, ele queria ver seu outro lado. A face oculta que não vem à tona, principalmente numa mesa de bar à beira da estrada. Ele a ouvia com todo o corpo.

Ela não usava nada nos dedos e estava cônscia de que o homem dera muita importância a isso, que olhara de modo interrogativo e inconsciente numa fração de segundo. Ela se remexeu na cadeira.

– Você é casada – disse ele.

– É... uma possibilidade. ... É estranho – diz ela – eu aparentar tanto assim. Mas não sou casada, isto é, não no momento... Onde está sua mulher?

Ele não responde.

– Eu poderia lhe perguntar quase a mesma coisa – ele diz.

– Pra falar a verdade, matei meu marido ontem à noite – ela diz.

Então, pela primeira vez, eles compartilham o riso.

– É tão deserto isso aqui; este posto poderia ficar em qualquer lugar do mundo – ela diz.

* * *

CORTE. INTERIOR DE UMA RESIDÊNCIA. A ESCADA. A SALA DA CASA DA PRIMEIRA CENA. O RUÍDO DE OBJETOS CAINDO, VINDO DE ALGUM APOSENTO. O SOM DE UM TELEFONE CHAMANDO. VISÃO DO ALTO DA ESCADA: EMBAIXO O HALL EM DESORDEM. CORTE. O SOM DE UM CAMINHÃO RASGANDO A NOITE. O POSTO.

Ela balança a cabeça numa afirmativa.

Vamos viver então, viver largo e fundo. Ela está se divertindo com o diálogo, com as sucessivas mensagens cifradas trocadas por ambos. Mensagens que não são tão importantes quanto o segredo que encobre o significado das palavras ou o silêncio que as rodeia. Ele agora parece mais interessante e menos sóbrio. Ele não é um homem bonito, é um homem comum do mesmo modo que sobre ela poderia ser dito a mesma coisa, uma pessoa comum. No entanto há algo de interessante nele. Quando a beleza de Mário murchou, ela compreendeu o destino de toda beleza. Talvez o interessante não tenha o mesmo destino da beleza. Por um instante um brilho de ânsia passa pelos olhos dela. Toma um gole, alisa a superfície longa e lisa do copo. Transparecia o relaxamento vindo de seu centro, junto com a fome.

Gostaria que ele continuasse ali, mas a um sinal da mulher no balcão ele gentilmente pediu licença e foi buscar a refeição. Tudo ali era muito simples e ela ficou um pouco triste com a natureza servil daquele homem e isso lhe tirou um brilho que ela até aquele momento não sabia ser-lhe necessário. Seria sempre assim com os clientes? Apenas com clientes mulheres? Ele depositou a bandeja na mesa e fez menção de sair. Ela o segurou pela manga da camisa, pois precisava saber:

– Você é sempre assim na defensiva?

– Por quê?

– Por nada. Tudo bem.

Ela o deixa ir. Felizmente ainda há um resto de bebida no fundo do copo, a janela e o mundo lá fora.

Minutos depois ele volta com a carne. Mas logo vai embora. Estar ao lado de alguém enquanto se come torna esse alguém muito íntimo; nesse ponto, "comer" parecia sinônimo perfeito para sexo. Não há ninguém ao lado dela, mesmo assim ela diz: "É engraçado como você se parece com alguém que dei ao esquecimento".

* * *

De novo aquele regozijo. E logo ela está tranqüila como uma estrada deserta. Ela come com calma, porém com gosto, como quem exerce seu pleno direito de sobrevivente.

CORTE. INTERIOR DO BAR. A NOITE AVANÇA. A JAQUETA PRETA DELE. SUAS MÃOS SOBRE A MESA. TENSÃO.

O proprietário está de volta à mesa.

Com um gesto ela abandona o garfo no prato à sua frente. Ela aprendeu como se desfazer das coisas. Como se com um único gesto pudesse provar toda a independência. É quando acontece: ele sente medo, possuiria aquela mulher a qualquer custo – cava, obtusa necessidade criada pelo medo.

O rádio toca um antigo sucesso de Maria Bethânia.

O meu coração ateu
Quase acreditou em tua mão
Que não passou de um leve adeus

– Nas rádios, madrugada afora, sempre toca Maria Bethânia, ela diz.

Durante muito tempo ela não dormiu à noite. Naqueles que foram tempos de comprimidos, internações e grandes óculos escuros. Nas noites do *Veratrum album*.

Ele pára para olhar com mais vagar os grandes olhos castanhos que ela tem. No rosto dela ele encontra as rugas de expressão assinalando o caminho trilhado pela dor e pelo riso. Ainda assim um rosto sereno; simples, vasto e completo como um deserto. Enfim, o rosto de uma pessoa terminada. Para quem percorrera toda uma vida feita de caminhos sinuosos, chegar aos trinta e cinco anos era alcançar o equilíbrio. Ao analisar aquele rosto, ele encontrava a ingenuidade dos tolos. Uma ingenuidade que, por um triz, salvava o rosto dela, retirando-a do rol das mulheres feias.

– Bethânia eu acho triste – ela diz –, mas doce.

– Algumas coisas tristes parecem doces – ele diz.

– É verdade. Como o fado. O *blues*. Mas o *blues* me alegra! Engraçado isso. A gente sabe tão pouco a respeito de tudo.

Ele não pensa nisso. Não tem talento para as sutilezas. Ele é um homem. Um homem vai ao encontro do que quer do mesmo modo que uma criança vai ao encontro do pai: crendo. E tudo o que ele quer é possuir aquele corpo, tapar aquela boca, calar aquela voz. E explodir num gozo.

* * *

– Perguntas são necessárias – diz ele.

–... Para controlar – ela completa. – Geralmente a gente procura saber muito, só que para controlar. Informação e controle andam sempre juntos. Não se pode controlar um estranho. Você só controla aquilo que nomeia. O entendimento nos dá a ilusão de domínio. Primeiro o pensamento, depois a palavra, depois a sensação.

Ela ri.

– Me deixa adivinhar teu nome. Guilherme – diz.

– Meu nome é João.

– O discípulo amado! – Ela grita a exaltação da bebida.

Então dividem o riso juntos, pela segunda vez.

Qualquer pessoa podia ver que havia algo em torno dela, como um segredo. Onde ela fora buscar aquilo que compunha sua pessoa? Como que precisando saber urgentemente ou atender a uma curiosidade científica ele a ouvia, muito mais que para suprir a solidão do bar. Ela continha milhares de mulheres e todas elas deslizantes. De certo modo, era uma curiosidade mórbida aquela que ele possuía. Pois também era verdade que qualquer pessoa podia ver que aquele segredo dela tinha as raízes bem fincadas em algo sujo. Como um assassinato.

Ela vê que ele não está tendo muito sucesso em têla. E é muito triste compartilhar o desencanto. Ver as perdas, as faltas, e disfarçar. Assim como quando se está na casa de alguém e esse alguém diz "Não tenho nada para lhe oferecer", e se diz "Tudo bem, não tenho fome".

Silêncio. Apenas uma música tocando distante. Ela ia dizer que só conhecia Paris e Nova York, perguntar se ele preferia Nova York aos Andes peruanos. Este lugar se chama Machu Picchu, engraçado isso, diria. Porém, ela se cala, as coisas chegavam àquele lugar onde o silêncio parece ser muito mais significativo, além de toda e qualquer palavra... ademais não encontrava o termo, sabia que se fosse escolher, se pudesse, não escolheria o homem a sua frente para uma viagem ou para ocupar o lugar do marido. Era melhor parar, afinal iria embora no dia seguinte e esqueceria tudo, de quantas coisas não esquecera completamente.

Olhou novamente para a estrada. E encontrou um outro homem manobrando a bomba de gasolina. Na fraca iluminação do lado de fora, não era possível ver muita coisa.

O rapaz que procurara na semi-escuridão do exterior acabava de entrar no bar-restaurante. Cabelos molhados, *jeans* azul desbotado e camiseta branca, definitivamente colegial. Ele permaneceu calado, esperando sentado, rente ao balcão. Ela se descobre sentindo como é boa a possibilidade de voltar a olhar para outros homens. Para aquele homem, em especial. Sentiu-se tão poderosa que poderia até jogar bilhar (havia uma mesa de bilhar no canto, estranhamente esquecida por todos), riu dessa idéia, o rapaz ensinando-a, as mãos especiais dele ajudando-a com o taco (o cabelo dele se derramando no rosto de repente rejuvenescido dela).

* * *

Penso nela como alguém que seria capaz de sustentar seu homem, enquanto esse homem tivesse o sonho de pintar ou escrever; enquanto esse homem fosse um artista desconhecido que pinta ou escreve para ninguém. Ela lava-

ria, cozinharia, passaria para aquele homem. Ela acordaria às cinco da manhã a fim de trabalhar para mantê-lo.

* * *

– Quem batizou este lugar de Posto Machu Picchu?

Ele diz que não sabe; quando adquiriu o negócio o local já possuía este nome.

– Era um dos lugares que queria conhecer. É quase uma necessidade. Se esta estrada desse lá... Às vezes a gente pensa que basta ir a um determinado lugar para que a nossa vida se acerte – diz ela, pensativa.

– Às vezes se acerta mesmo – diz o proprietário.

– É um mistério – ela diz. – Durmo pensando nisso.

– Bom você ter aparecido por aqui – diz o proprietário. E, como é de se esperar, arrasta a mão sobre a mesa e toca os dedos dela. Ela retribui. Mas logo recolhe a mão e se levanta.

"Com licença". Ela atravessa o salão, encontra os olhos do rapaz das bombas, que, por um momento, levanta o rosto deformado pela boca cheia.

O dono do posto não acreditando que ela fora tão rápido – a mulher do balcão olhando-o fixamente, como o rapaz na mesa a um canto. Ele sente certo desconforto ao se tornar o centro das atenções. Então se levanta, cumprimenta um casal que acaba de chegar e deixa o ambiente, suspenso pela atmosfera estranha.

A mulher do balcão desliga o rádio e liga a tevê.

* * *

CORTE. EXTERNA. A CASA DA PRIMEIRA CENA VISTA PELO LADO DE FORA. UM CARRO GRANDE DEIXA A GARAGEM. LONGO CAMINHO. CORTE. EXTERMA. POSTO MACHU PICCHU. CORTE. INTERIOR DE UM QUARTO. A PERSONAGEM NUA EM CIMA DA CAMA. CORTE. EXTERNA. O DONO DO POSTO RONDA O QUARTO Nº 8.

Finalmente, a calma.

Sua vida escoara e terminara naquele quarto. Foi assim quando publicou *A Salamandra*: apenas o resultado de uma sucessão de fatos. Depois que a revista a demitiu – algo previsível após suas três internações – o livro veio até ela e lhe disse: "Escreva-me, quero nascer". Então pela manhã ela tomava banho, trocava de roupa, punha os sapatos e a maquiagem, e sentava-se à mesa para escrever. Nenhuma dor pelo trabalho perdido. O romance pareceu à época algo que duraria por toda vida e não algo que se desgastaria com o tempo, algo digno de nojo, como acabou por comprovar. Depois veio Mário com uma putinha qualquer e agora era o quarto. Sua vida, toda ela, escoara para aquele cubículo. Estou presa, pensou. E uma descoberta é um espanto e um tremor frio. No centro do quarto ficou nua e tudo foi como se fosse inundado, e ela se sentia como alguém que precisa recomeçar tudo outra vez, do zero absoluto. A força para o recomeço estava presente, dizia sim, na verdade um grande SIM, porque só se começa pelo positivo. Queria o original nascido seu. A posse de sua vida tão completa em suas mãos como um filho sugando um seio, uma mulher tocando o amante que veio da guerra. Dormiu, afundando-se em si mesma. Uma negritude calma até haver um momento de imagens oníricas. Numa cena o marido ajeita o nó da gravata, noutra cena atira uma maçã à parede. Ela-fruta, espatifando-se. Depois ela dentro do carro. Ela, Helena Gold, caindo para o mundo. Ele rolou pela escada e ela afundou no horizonte. Causa e efeito se misturando.

Despertou com alívio. E uma certeza: ele estava vivo.

* * *

RECEPÇÃO DA POUSADA. NA PAREDE UM RELÓGIO MARCA MEIA-NOITE E QUARENTA E UM.

5, 2, 3, 1, 2, 1, 3. Depois do sinal ela volta a discar os números. E mais uma vez volta a ouvir a própria voz, gravada na secretária eletrônica. "Você ligou para 5231213, residência de Helena Gold, após o sinal, por favor, queira deixar o recado. Obrigada."

Ao ouvir sua voz, seu passado nunca lhe pareceu tão distante. Ela parou, fone na mão, surda. Ouvira a voz, custava tanto a acreditar que fosse sua, e não era: mudara desde que gravara a mensagem na secretária eletrônica; mudara um monte de vezes e nas últimas horas, radicalmente. Sua expressão pasma denunciava isso. Ainda assim, ouvir o próprio nome bateu mais forte que ouvir a própria voz. Mesmo que a gravação mentisse, ela não se chamava mais Helena Gold, apenas Helena, como na infância, antes de tudo. Como o sobrenome, ser autora de um romance e até há pouco ter trabalhado na redação de uma revista de sucesso não lhe dizia nada. Distanciada, pôde reconhecer a secura em sua voz. Felizmente, a voz de uma mulher que não mais existia.

* * *

> *Penso nela como possuindo uma capacidade especial. Quando entorpecida pela dor de sua doença assistia ao desenrolar do filme de sua vida. Isto sua doença lhe dava: o distanciamento.*

* * *

O homem não estava em casa, ou, não atendera; se acaso tivesse atendido e depois desligado... mas não ocorrera assim. Certamente, ele poderia estar escutando o barulho do telefone, imaginando que seria ela ligando e gozando fartamente o fato. Passara por isso uma vez: lá, deitada, não querendo falar a ninguém. Semanas por trás de cortinas fechadas. Naqueles dias e noites de *Veratrum album*. Em todo caso, ele poderia esperar que ela falasse só para depois resolver, mesmo assim não fora. O que teria acontecido realmente? A dúvida era tão escura quanto o ônix.

Voltou a discar. Novamente as chamadas, uma, duas, três, a gravação. Para ela era difícil deixar de ser uma pessoa obsessiva.

Desligou. O silêncio na memória. Por trás dele, talvez, o marido. Nada disse, nada disse ao telefone porque não queria que ele fosse checar a secretária e a encontrasse lá: sem-vergonha, como que em súplica, de uma maneira que poderia ouvir e reouvir, a seu bel-prazer. E se outra mulher tivesse gravado uma mensagem, seria humilhante: abram alas para as mulheres de Mário! E havia um monte delas, desde sua primeira internação elas começaram a aparecer aos bandos, como uma alucinação, como se brotassem da terra.

No momento era o rapaz moreno que ocupava a recepção. Sem qualquer discrição, ele a olhava. Ao que parecia ele não tinha aprendido nada com seu chefe.

Ela voltou a utilizar o telefone da recepção. Discou uma vez mais, rápida e decidida. Apossava-se dela uma liberdade e uma agressividade quase infantis. A amiga atendeu.

A amiga mostrava-se preocupada. Do alto de sua segurança, achou-a exagerada. Foi sumária: "Estou bem", "Amanhã eu chego", "Não, não a acorde, deixe a menina dormir".

E, mais uma vez, não obteve qualquer notícia do marido. A mulher do outro lado da linha assentia enquanto ela descrevia o posto Machu Picchu; ela sabia que Laura não estava entendendo nada, pois quando não entendia agia assim: com assentimentos. Ali estava alguém a quem conhecia. Desde a fundação da revista, isso há quase sete anos, Laura estava a seu lado, de uma maneira protetora. Helena, que às vezes acertava por saltos, terminara por acreditar que a chave era Laura precisar disso: a outra não dera muita sorte, não era bonita nem comunicativa e só sabe Deus o quanto isso pesa num universo de uma mulher; inteligente era sim, mas de uma inteligência desprovida de malícia e por isso mesmo de pouco valor. De vestido preto e bolsa antiquada, aparecera na redação. Havia algo nela que não se encaixava. Perfeita ouvinte. Serena. Exagerada em cuidados. Em virtude das internações, sua filha fora criada praticamente por aquela mulher contida, prática e necessária. Ela admirava profundamente aquela mulher, autêntica a ponto de não pintar o cabelo. A quem se podia reconhecer pelas roupas sempre iguais.

Desligou sabendo pouco: Mário não ligara.

Porém, foi um pouco que se revelou.

Agradeceu ao rapaz e ia devolver o fone ao pedestal; antes de consegui-lo, ele segurou o aparelho no meio do caminho, a título de gentileza, aproveitando para tocar-lhe os dedos. Ela se lembrou do tempo em que na redação da revista se discutia se havia alguma relação entre as mãos e os pênis dos homens. As mãos dele eram grandes, morenas e rijas. Eram mãos de uma figura de Portinari, notou, ao mesmo tempo percebendo que começava a ficar úmida.

Talvez fosse apenas um eco da frustração dos últimos minutos; o fato é quc, ao notar o interesse do rapaz, sente vontade de chorar.

* * *

Penso em como ela é sensível. No modo como às vezes conseguia sentir uma dor que não era dela. Ela sentia a dor dos moribundos da África, ela sentia a dor das mulheres que tinham o clitóris decepado na África e no Oriente Médio. Mesmo existindo do outro lado do mundo, a dor de ver a vida mutilada pela miséria lhe roubava metade do sorriso. Sua ração diária de felicidade era pouco a pouco minada pelas agruras do noticiário. Ainda vivia nela a dor de suas antepassadas. As mulheres dos campos. Auschwitz. Dachau. Baden-Baden. As mulheres dos fornos. As mulheres do gás. Suas antepassadas da Idade Média. As mulheres das fogueiras espanholas. Podia-se fechar os olhos, é verdade. Só não era possível evitar a sensação da Gestapo na esquina, os pastores alemães babando.

* * *

Voltou ao quarto. Apenas para encontrar a cama dura e o aroma próprio aos ambientes estranhos, o ar- condicionado barulhento e o ventilador de teto, inerte. Leva as mãos ao sexo, mas ainda é preciso fechar os olhos.

* * *

Às duas horas da madrugada ela está embaixo do chuveiro, após tentar dormir, sem sucesso, e dar a noite por encerrada.

* * *

Fora há o cheiro de grama molhada. A noite que, de tão escura, chega a doer. Marcas de chuva no caminho de pedra que leva ao bar da pousada, e de tanto em tanto o ruído de um grilo solitário. Faz frio. Ela caminha por dentro do silêncio surdo da madrugada, à procura de uma bebida.

A música era velha. Culpa da rádio AM. De repente ela se sente feliz como se pudesse voar. Sorri para a mulher gorda acompanhada por um homem, provavelmente caminhoneiro, que encontra à entrada, e a mulher retribui com um olhar hostil. Ela não se incomoda. Se aquilo era o olhar de uma pessoa sã, ela queria viver doente o resto de seus dias. Tempos atrás não se imaginaria num bar à beira da estrada àquelas horas, sobretudo estando só. Ainda não era a Machu Picchu dos Andes, mas tinha gosto de liberdade. Ela se balança ao compasso do bolero, enquanto caminha. É Elis, cantando.

...Te convidei pra dançar
No dedo um falso brilhante
E um band-aid no calcanhar

Dança também porque tanta animosidade só pode significar uma coisa: que ela, aos trinta e cinco anos e vestindo trapos, ainda consegue ser atraente.

O dono do posto voltava a encontrá-la na mesma mesa. A cena muda um pouco apenas porque há mais pessoas agora, apesar do adiantado da hora. O homem lhe sorri como alguém que encontra a caça. E é fácil entender. Caçar é da natureza dos homens. Não há nenhum julgamento nisso, razão, mesmo emoção. Apenas um comportamento ancestral visando garantir a espécie. É uma coisa animal. É nesse contexto que crianças, velhas e mulheres loucas são estupradas. Pela facilidade. E, sobretudo, pelo obscuro desejo de ferir.

– Também não estou conseguindo dormir – diz ele.

Por que ela não conseguia? Era só dizer sim e ele provavelmente seria afirmativo como os homens tendem a ser: em dois tempos estaria entre suas pernas. Em sua essência era ainda uma mulher e as mulheres amam.

Como um pequeno cão, como sua pequena cadela, ele a esperava.

– Não é insônia, é que gosto da madrugada, é minha tendência vampiresca – diz, um pouco tonta; sua cota diária de álcool havia sido ultrapassada desde cedo. Sem falar no uísque, nacional.

– Acho... que você está com problemas – ele diz.

Ela poderia ter dito: eu sei, você gostaria de saber de onde vim, quem sou e para onde vou, em suma, a velha questão da filosofia. Mas não. Com um sorriso convincente, ela diz:

– Está tudo bem. Quem é feliz não dorme.

Depois, risos. Como se ela estivesse um pouco bêbada.

Não sua foi intenção, porém, ele conseguiu. Nada mais de sexo cabia no diálogo. Então ela disse:

– Você cuida muito bem disso aqui, parece tudo muito tranqüilo.

* * *

Penso nela como alguém que sabe que os homens tendem a ser práticos. E lógicos. Os homens às vezes possuíam a lógica dos aparelhos de eletrochoques, e a lógica dos eletrochoques era: apagando a memória, apaga-se também a dor. Em um de seus internamentos, por exemplo. Quando a levaram para tomar eletrochoques e o aparelho estava quebrado, deixaram-na no "jardim" do pátio do hospício. E, mais tarde, quando ela se recusou a sair (o céu estava tão bonito e ela, meu Deus, estava tão imensamente cansada), deixaram-na lá. E não voltaram nem quando a noite veio com a chuva. Sua realidade foi a do frio banco de cimento do sanatório. A chuva espessa. O frio grudento como as asas de um inseto morto. O piso vulgar do pátio do hospício sendo corroído pela força da chuva. Seu marido não fugia à regra. Também ele um homem tão prático que lhe bastava deixá-la em frente ao portão destacado do hospital psiquiátrico, assim como quem entrega uma mercadoria. E só voltar a aparecer quando houvesse o nada faustoso (por que havia aquela claridade tão intensa nos dias da alta?) dia da alta. Seu marido era de uma praticidade fria. E feia. Um homem rico da loucura suprema, que é não amar.

* * *

Um estranho aproximou-se da mesa e se dirigiu a seu amigo. O descaso do visitante fez dela uma qualquer. Esquecia que nem todos recebem uma educação nos moldes que tivera e foi feliz em saber que existiam outros mundos e que ela era uma gata borralheira com aqueles trapos.

Outra dose. O rapaz moreno serve muito vagarosamente, é quase uma dor. Ela faz a bebida render o máximo, faz também todo o possível para não ouvir o que o visitante dizia, mas não pode. A bebida pareceu aguçar seus sentidos. Ela consegue discernir as linhas que moldam o rosto grosseiro do visitante, mesmo de cabeça baixa.

O outro falava de uma serraria que possuía, que queria vender e ela ouvia, desejando lápis e papel para anotar impressões cheias de asco que a tomavam. Era clara a intenção do recém-chegado: vender, vender, dinheiro, dinheiro. Enfim: O proprietário, O comerciante, A vadia.

Um longo gole, o gelo queima a ponta da língua. Quis muito anotar o fato sim, deixar registrado que a estupidez humana é grande, ora se é! Finda a bebida, começou a bater com o copo na mesa, como se querendo atenção. Os homens continuavam. Descobrira que o visitante se chamava seu Pedro e tratava seu amigo de "doutô"; queria vender a serraria, dava ótimos lucros mas estava velho demais para assumir responsabilidades. Tanta propaganda! O homem suava, era um homem vermelho, empolgado com as próprias palavras. Como imaginar que a uma hora daquelas alguém mentisse tanto para se livrar de uma serraria falida? Ajudado pelas despedidas do proprietário, o tomate ambulante finalmente deixou a mesa, não sem antes olhar para ela e desejar um "boa-noite-dona" com uma alegria excessiva. Era como se ela fosse uma prostituta, era isso. Ela pediu outra dose.

Ela sorriu.

Ele olhou em volta.

Ela explicou: esta música (na cabeça dela ouvia-se a voz de Billie Holiday, do outro lado do planeta, cantando *Tenderly*) ... estava ouvindo esta música hoje.

– Que coincidência – ele disse.

– É – fez ela.

CORTE. EXTERNA. UM GRANDE CARRO CRUZA A ESTRADA. CORTE. INTERIOR DO BAR. ELA DANÇA, RI, BÊBADA. TEM OS SEIOS À MOSTRA. TOCA UM JAZZ SUAVE. O RAPAZ TENTA CONTÊ-LA. A ABRAÇA. DANÇAM. O BAR ESTÁ COMPLETAMENTE VAZIO. ELA ESTÁ TRISTE. SE APÓIA NELE. ELE DESLIZA AS MÃOS PELO CORPO DELA. MÃOS TRÊMULAS DE EXCITAÇÃO E INEXPERIÊNCIA. ENTRA A MULHER FEIA.

– Deixe, deixe que eu cuido disso. A mulher feia arranca-a dos braços dele. Nesse momento sabe-se: essa mulher que chegou é mãe do rapaz.

Ela se deixa levar. Os gestos da mulher são fortes, rudes e precisos. Ela é levada ao quarto e atirada na cama.

Dorme.

A Partida

"Já fiz coisas heróicas, mas não morri em seguida e o prosseguimento da vida banalizou meu feito."

Adélia Prado

Primeiro a dor de acordar. Depois o diálogo com a mulher do balcão. Mais uma vez não havia o que oferecer (começou a se perguntar de que era que aquele povo vivia); ela acaba aceitando um hambúrguer e um copo de leite. A carne malpassada, o leite sem gosto. Próxima a mulher a ponto de ver as rugas mais íntimas, ela comenta sobre quanto trabalho deveria dar aquilo tudo ali. O episódio da noite anterior impelia-a a falar. Com a desconfiança própria aos simples, a mulher a escuta com certa reserva, principalmente após notar o quanto as mãos da outra são finas e delicadas.

* * *

Sob a luz matinal ele lhe pareceu envelhecido. O dono do posto traz um recado. Alguém a procura.

Ao se lembrar que dera o número do posto à amiga, ela volta a se sentir fazendo parte do mundo outra vez. No começo dói, como ver o dia após deixar a sala escura de um cinema, mas depois é algo bom.

A amiga está ligando para avisar que Mário procura por ela, que está indo ao seu encontro. Além de vivo, o homem parecia estar bem de saúde, uma vez que guiava.

Ia ao seu encontro – ela não podia esquecer o peso do significado da frase.

Ela agradece e desliga. Não quer ouvir mais nada. Sente-se entregue aos cães. Traída. Mário estava indo ao seu encontro. Era como se num passe de mágica o homem fosse posto no controle de uma causa por ela considerada ganha. Ela sente que precisa ir-se imediatamente. Não quer ser encontrada, não mais.

* * *

Penso nela como uma daquelas mulheres que sobreviveram à própria dor – como Callas, Clarice, Camile Claudel. Hospiciadas redimidas pela arte.

* * *

Junto com os óculos pôs no rosto uma máscara de impenetrável indiferença enquanto preenche o cheque. Guarda no bolso o cartão que o homem lhe entrega. São gestos mecânicos, por parte de ambos. O homem perdeu o interesse nela. Na verdade, ele tem o rancor de quem perdeu uma negociata. E quanto a ela, só pensa em ir embora.

Nenhuma palavra. Mas ela está lúcida como uma flor que se entrega ao sol.

Surge o rapaz das bombas, querendo uma carona.

* * *

...Ela ri, luminosa, enquanto vê como ele gesticula e como parece inocente. E ele vai ditando as vantagens do veículo, "um carro como esse! um carro como esse!", e ela toda um prazer só pois parecia que ele nunca antes havia entrado "num carro como esse". Elogiava sua compra inteligente, o bom gosto que ia da cor à marca. A segurança. O silêncio. E é só um automóvel que passou de uma certa idade, como ela. Deus, ela se sente tão terna.

Teria que voltar de carona (coitado, ela achava), ia à cidade próxima e só voltaria no dia seguinte, tinha uma pessoa lá, e por "uma pessoa lá" ela entendeu uma namoradinha. Pegaria o Certificado de Dispensa Militar. Prontamente ela o imaginou de farda, segurando um rifle (um Kaslanicov soviético igual ao dos terroristas árabes do telejornal) com aquelas mãos grandes e lindas.

Era bom ser livre. Para dar carona, conversar, amar. Mesmo que fosse uma liberdade estranha, aquela, como a liberdade que se desprendia da leitura do último parágrafo de *A Salamandra*, o romance que um dia ela escreveu.

> "*Estou deixando uma masmorra medieval e a luz do sol me aguarda. É primavera, e o ar do fim do século XIX é leve; vou vestida de*

azul e o céu também azul me olha bondoso, há um mar que ruge, e a certeza de que, embora feio, a salamandra é o único animal que se regenera."

Era tão bom ser livre.

Quando uma carreta passando e fazendo enorme barulho deslocou um vento para o cabelo dele e este subiu um pouco, ela percebeu sua necessidade de ser maternal. Desgrenhados, um tanto oleosos, ela conhecia a cosmética certa para melhorá-los. Os cabelos dele precisavam de suas mãos, contudo, aprendera há pouco o perigo de ser necessária e o quanto isso minava sua liberdade, queria mesmo era ser uma macieira: viriam os homens famintos e comeriam alguns de seus frutos e ela passaria a fazer parte deles, ao mesmo tempo em que esperaria outros, plantada ao solo, plena e feliz.

Ser semeada. Queria isso.

Ele retirou a gaita do bolso da calça e, após se desculpar pela má qualidade do instrumento, tocou *Os botões da blusa*, de Roberto Carlos. Ela sustentou um meio sorriso.

Depois ele tocou um *blues.*

Ela pareceu gostar mais, dessa vez.

– Essa é minha – ele disse –, estou criando agora – e já havia começado quando ela o interrompeu.

– Não – cortou ela.

– Não quer ouvir?

– Não, não é isso... desculpe.

Ninguém nunca antes havia tocado para ela, era isso. Ela não suportava com facilidade a doce dor de ser amada. Aquilo era algo muito novo para ela, dava vontade de chorar. Na verdade ela chorou. Às vezes é possível chorar de modo que as lágrimas escorram pelo lado de dentro.

Pausa. Silêncio. Ela procurou um cassete.

Enquanto isso aquelas mãos tocaram suas coxas e foram abrindo caminho com sagacidade, a voz persuasiva ao ouvido dizia que ela era ótima, que dava uma segurança na gente. E ela amolecia como pedra n'água. Cedendo e fazendo de conta que nada acontecia. Já haviam lhe dito que as coisas pensadas podem se realizar. E ela o havia desejado ali. Essa mulher, com tantas fugas acumuladas nas costas, sabia que todo tempo dos séculos e milênios morria num segundo. Ela se expunha e sabia na carne que a grande coragem e o supremo prazer era se expor. Sendo também o grande medo e o combustível para a fuga, se expor pedia uma coragem constantemente renovada; uma só vez não bastava, era caminho sem volta. Como amar. Ela se deu conta de que precisava de coisas simples, como beber água quando se tem sede. Do calor de seus semelhantes. E do amor, que nunca encontrara.

* * *

O carro ia perdendo a força. Vez por outra ela acelerava, diminuía. Mas ele não tinha pressa.

– Você guia tão bem, tão difícil mulher assim...

Na linha reta da pista, um gemido mais alto e mais verdadeiro e pontiagudo deixou seus lábios no exato momento em que reconheceu o carro cinza-metálico que a alcançava. Era o marido voltando. Como voltam as coisas de uso corriqueiro. Uma meia perdida. Um marcador de página com uma inscrição ilegível. Um frasco de comprimidos agora com validade vencida. Ela estava confusa. Porque o alívio, a decepção e a dor se misturavam dentro dela. Precisava parar.

Encostou o carro, tirou os óculos. Com mais clareza se apercebeu do volume latejante de vida no *jeans* do rapaz. Astor Piazzola ainda tocava alto e alegremente um tango argentino quando ela desceu, levando o moço pela mão.

Beijaram-se rente à lataria quente do automóvel no meio da manhã de verão. Ele lhe mordia o pescoço, sugava com prazer aqueles peitos, que para o marido eram nada. Os corpos estão cheios da eletricidade do desejo.

Mas de repente ela pára, empurra o rapaz. Seu marido estava acompanhado. Ele não tinha o direito de estar com a menina.

Então ela correu até o Ford cinza. Mas o carro não era uma fantasia, e a dura realidade metálica dele a recebeu com um choque, carne-ossos-coração e olhos se chocando pouco antes de ela perceber um leve e perverso crispar de lábios em um rosto onde havia um curativo; pouco antes de ser atirada como uma pena, em câmera lenta, e cair com um baque surdo.

Ninguém nunca vai saber até que ponto ela correu em direção ao carro. Ninguém nunca saberá até que ponto o motorista foi responsável.

* * *

Gostaria de poder pensar nela aos oitenta anos. A casa rodeada de netos, o cheiro de grama cortada entrando pela janela, a voz antiga do companheiro vindo da cozinha, "Você deseja um copo d'água?" Um sobrinho dizendo "Tia, vou escrever sua história".

* * *

Há um rapaz ao lado do corpo que começa a tocar numa gaita de boca avariada uma música que se chama *Quintessência*. Que bonito, ela tem vontade de dizer, com o sopro de vida que ainda lhe resta. Está viva para ouvir a canção. Sopra um vento vindo dos Andes.

A música continua. Trata-se de uma música lenta. E doce.

Depois ele fica em pé com os braços estendidos, protegendo-a do sol, esperando por socorro. Como um vago James Dean.

Trilha Sonora

Tema principal, a ser composto por Jacques Morelenbaum ou Rildo Hora

Caminho de Lhamas (folk andino)

Tenderly, Billie Holiday

But beautiful, Billie Holiday

Johnny Love, Leo Jaime e Virgínia

Bolero, Ravel

Dois pra lá, dois pra cá, Elis Regina

Os botões da blusa, Roberto Carlos

O quinto ano nacional, Astor Piazzolla

O Doce Blues da Salamandra

Originalmente escrita para Renata Sorrah.

Prêmio Elpídio Câmara do Conselho Municipal de Cultura da Cidade do Recife na categoria Teatro – 2000

HELENA GOLD: tem trinta e cinco anos ou mais. Sofre da doença da instabilidade de humor, conhecida como Transtorno Afetivo Bipolar.

O JOVEM: tem entre dezessete e dezenove anos. É alto e forte. Usa *jeans* claros e camiseta branca ou macacão típico de frentista e boné. Calça meia e botas de solado grosso.

Prólogo

Uma luz azul abre sobre um corpo de mulher estendido no chão, ao som das primeiras notas da peça de Schumann (Estudo sinfônico, tema). Vê-se um par de sapatos femininos, largados. Não se vê o rosto dela, escondido pelo cabelo. Com exceção da luz, que enfraquece até a extinção, nada muda durante os três minutos da música. A mulher veste vermelho, um vestido simples e justo.

I. A Salamandra

No palco, um divã, uma foto do psiquiatra Jacques Lacan (a sugerir também um pai e/ou um marido) talvez uma espécie de biblioteca fora de uso. De fato, alguns móveis encontram-se cobertos (como a indicar um lugar revisitado pela memória). Uma escrivaninha, uma luminária antiga, acesa, pilhas de livros pelos cantos. Uma bomba de gasolina. Uma mesa de lanchonete, duas cadeiras. Talvez um ou outro elemento de toque surrealista.

O palco é iluminado por uma luz morna. É com essa luz que Helena Gold entra. Usa um vestido branco, que a todo momento faz lembrar uma bata de hospital, de hospício. Está descalça. No decorrer da peça, às vezes esfrega um pé no outro, como quem sente frio ou desconforto; e nunca se sabe se isto é provocado pela temperatura ambiente ou pela lembrança. Provavelmente pelas duas coisas.

Deitada no divã (em diagonal com a platéia).

.... É muito difícil entender certas coisas... O mundo dos homens... O amor... Papai era louco de amor por mim.

Papai gostava tanto de mim! Dizia que me amava. Dizia MEU BEM!
Venha cá, MEU BEM!
Quer mais sorvete, MEU BEM!
Olha só que livro lindo o papai comprou!

Quer ler ele agora, quer?
Senta aqui no colinho do papai!

Tristeza súbita.

Então... papai me bolinava.

Tempo. Silêncio.

Helena canta uma cantiga de roda, num tom triste, monótono e infantil:

"O cravo brigou com a rosa
Debaixo de uma sacada
O cravo saiu ferido
E a rosa despetalada...
... o cravo ficou doente
o cravo ficou doente...
... o cravo ficou doente...
e a rosa despetalada..."

Tempo. Silêncio. A imagem some. Helena Gold se recompõe, aproxima-se da borda do palco.

O dr. KARL, meu psiquiatra, andou me dizendo para não contar essa história. O dr. KARL me pediu para esquecer. Mas não se pode dizer a uma menina violentada: "Esqueça, esqueça". Porque o esquecimento é um luxo que a dor não conhece. *(Tempo.)*

(*Senta-se no divã.*) Depois eu fiquei tão triste que veio o dr. KARL e me deu uma injeção. Venha cá, MEU BEM – olha o "MEU BEM" aí de novo!–, ele disse, me abaixando a calcinha. E crau! A injeção do dr. Karl? Não sei. E não me importa, no fundo é a mesma coisa. É por isso que passei a chamá-lo assim: Dr. CRAU... Daí caí no sono. Então o dr. CRAU ficou conversando na sala com papai, ambos com seus charutos-falos nas mãos, conversando animadamente como dois cavalheiros.

Põe o anular sobre o lábio superior, simulando um bigode, e pita um charuto imaginário. Depois leva as mãos a um dos ouvidos, em concha, num esforço para ouvir.

Eu ficava escondida, tentando entender o que o dr. CRAU dizia, com aquele seu sotaque estrangeiro. O dr. CRAU veio muitas vezes. Olhava para papai e dizia "Eu preciso ficar com a menina a sós um pouco, está bem?"

"Certo, certo", dizia papai.

"Vou para a biblioteca."

"Pois vá, pois vá, meu caro".

Primeiro o dr. CRAU começava a me examinar. (*Sobe na escrivaninha. Põe-se em posição de exame ginecológico.*) "Hum-hum-lá-lá-rí-lá-lá-rá". É... ele gostava daquela musiquinha de Chopin, lá-lá-rí-lá-lá-rá-lá-lá-lá-lá. Às vezes eu até ria porque ele era engraçado. Eu ficava toda agitada, correndo e rindo e falando e pulando e pegando as coisas dele, da maleta dele, quero dizer, e perguntando pra que isso pra que aquilo! *(Agitada e infantil.)* Mas no fim lá vinha ele me abaixando as calcinhas. E tome "crau!". Então eu dormia. (*Simula um desmaio. Tempo. Recompõe-se muito lentamente. Desce da escrivaninha, põe-se ao lado.*)

Tristeza súbita.

Um dia..., sabe o que foi que o dr. CRAU disse enquanto soprava a fumaça do charuto? Ele disse: (*imita o médico*) "Ela vai precisar de tratamento para o resto da vida." (*Tempo.*)

Meu pai disse: "OOOOOOH!"

Dr. CRAU disse: "É, sim." Então colocou esta plaquinha na minha testa. (*Apanha na escrivaninha um esparadrapo com a palavra "louca" escrita em vermelho, cola-o à testa. Junta os cabelos, exibe a placa. Tempo.*)

Eu nem me importei porque tanta gente teve a sua... (*aponta a testa, infantil*) plaquinha...
Callas...
Clarice...
Camile Claudel...
(Tempo.)

(Projeção de slide: *vemos* os rostos de Clarice Lispector, Maria Callas e Camile Claudel; no espaço vazado do slide, compondo o quarteto, Helena Gold, posicionada no palco.)

Por que eu, Helena Gold, não haveria de ter a minha? (*Dá de ombros. Tempo.*)

Um dia eu disse: "Papai, eu não gosto desse dr. CRAU!"

"Não é CRAU, filhinha, é KARL, KARL HENTZ, ele é alemão. Como Thomas Mann, lembra? Aquele de *A Montanha Mágica.*"

"Eu sei, como Hitler, não é, papai?"

"Não, não, não seja tolinha, ha ha ho ho hi hi hu hu! Hitler era austríaco! Veja, venha cá, sente-se aqui, vou te dar um livro."

Descobri tudo isso na biblioteca de papai. (*Gesto amplo. Caminha.*) E... descobri que não era a única louca no mundo. E mais: SÓ HAVIA DOIS TIPOS DE PESSOAS NO MUNDO: OS QUE USAVAM A PLACA – PORQUE ALGUÉM A COLOCOU LÁ – E OS QUE NÃO USAVAM. E os mascarados. Aliás, tudo o que eu vejo são máscaras.

(Apontando na platéia.)
Máscara de alegria.
Máscara de medo.
Máscara de paixão.
Máscara de beleza.
Máscara de incômodo.
Máscara de neutralidade.
Máscara de saudade.

Máscara de amor.

Máscara de cansaço.

Pode-se improvisar outras máscaras, aqui, dependendo do público.

Vai até o centro do palco.

Muito agitada, falando aos borbotões:

Eu disse isso ao Dr. CRAU e ele ficou muito agitado, olhou para mim de um jeito esquisito e começou a suar. Eu disse "Estamos todos loucos, dr. CRAU. A diferença é que eu uso esta PORRA DESTA PLACA (*aponta a testa*) que o sr. me deu e o resto não usa!!!" Então o dr. CRAU quis abaixar minha calcinha para – vocês sabem – CRAU! Outra vez. Mas agora eu já estava grandinha, daí não deixei! (*Corre pelo palco. Dá voltas na escrivaninha, no divã.*) Parecia pega-pega, o dr. CRAU todo vermelho querendo me pegar e eu gritando. "Não! Não! Não! Ai! Ui! Sai pra lá! Sai pra lá! Sai pra lá! Nem me pega nem me pega nem me pega!?" Naquela hora eu arranquei minha plaquinha da testa (*arranca a placa, gesto brusco*) e disse: "Pronto, dr. CRAU, não sou mais doida. Pronto, pare de correr atrás de mim. Chega!"

Pára, hirta, em posição cômica.

Mas aí vieram os ajudantes do dr. CRAU. Três contra uma, olha que covardia! Olha só que safadeza! (*Cruza os braços sobre o corpo, como se numa camisa-de-força, sacode-se toda.*) Me pegaram, me derrubaram no chão, o dr. CRAU abaixou minha calcinha, tome crau de novo. Em vez de botar de volta a plaquinha em minha testa, o dr. CRAU fez uma coisa muito pior: BOTOU UMA MORDARÇA EM MINHA BOCA. Depois veio com seu carimbo de médico e Plaft! Platf! Plaft! Me carimbou toda. O carimbo dizia HOSPÍCIO. Foi para lá que o dr. CRAU ME DESPACHOU.

Um contra-regras surge e planta no
palco uma placa: HOSPÍCIO.

Imobilidade. Estupor. Tempo longo. A luz enfraquece sobre Helena Gold. Ouvem-se as primeiras notas da música de Schumann (*Warum?*) *Ela cai de joelhos no centro do palco. Escuridão brusca e quase absoluta. OU um blues é tocado numa gaita, ao vivo.*

(*Lucidez extrema na voz, nos gestos. Helena Gold está sentada no chão, com os braços em volta dos joelhos.*) NÃO VOU FALAR DA VIDA NO HOSPÍCIO, ela é tão triste... (*Tempo.*) Eu não vou falar a vocês sobre o silêncio no pátio do hospício... (*tempo*) dos gritos que ecoam nos corredores do hospício vocês nunca vão saber... (*tempo*) da solidão... (*Riso triste e irônico*) Não quero que vocês fiquem tristes – se não pode vir o dr. CRAU e "CRAU" em vocês também! (*Tempo. Tristeza. Gravidade.)* Não... eu não quero isso.

(Projeção de 8 slides em preto e branco:
a fachada de um instituto de psiquiatria,
seu pátio, seus vários cantos tristes, etc.)

Fim da música de Schumann ou do blues.

(A luz volta. *Recompõe-se, senta-se no divã: uma pessoa normal, equilibrada*:) Depois do hospício aconteceu uma coisa. Tinha que acontecer, não é? Acontece a todas nós. Lá estava eu: sem placa na testa, sem carimbo, toda linda e pura. Foi quando conheci o homem. Ah, meu Deus, aquele era o homem mais bonito do mundo! Eu me apaixonei – eu nem me lembrei de Maria Callas – foi um homem que acabou com ela! – eu nem me lembrei de Camile Claudel – foi um homem que acabou com ela! – eu nem me lembrei do dr. CRAU me dizendo para ter cuidado porque eu não podia ficar nem alegre nem triste porque eu não sabia ser como as outras pessoas. Quando eu ficava alegre eu ficava alegre DEMAIS. Quando eu ficava triste eu ficava triste DEMAIS. Tudo em mim era DEMAIS. Eu deveria me chamar HELENA GOLD DEMAIS. E não Helena Gold. O dr. CRAU disse que isso tinha um nome: PSICOSE MANÍACO-DEPRESSIVA. Que nome feio, não é? Um verdadeiro palavrão. Vamos ver no dicionário? (*Desconcertada. Tristeza.*) ...Não, não vale a pena. (*Patética.*) Eu fiquei com essa mania de dicionário por causa da biblioteca de papai. (*Tempo.*)

(*Suavidade, leveza, agora em pé, diante da platéia*:) MAS como evitar? Quando a pessoa fica apaixonada toda ela fica. Minha mão (*segura um dos pulsos*) estava apaixonada. Meu pescoço (*toca o pescoço*) estava apaixonado. Minha boca. (*Toca a boca, etc.*) Meus seios, minha vagina estava doidamente apaixonada. Como ficar apaixonada pela metade, dr. CRAU? (*Olha para o alto.*) Eu estava toda doida de paixão. Como olhar para as mãos e dizer: comportem-se, tenham vergonha! Como olhar para as pernas e dizer: fiquem quietas, não corram atrás do homem?

(*Mãos em prece, voz incrédula:*) Eu rezava assim: "Me dá aquele homem, meu Deus!" Eu me vestia para ele. Me maquilava para ele. Eu respirava por causa dele. (*Anda de um lado a outro.*) Olhava o relógio a toda hora. Eu pensava "agora ele acordou, agora ele toma banho, agora fez a barba, agora ele está comendo...". (*Tempo.*) Se ele me olhava na segunda eu ficava até o domingo com o olho dele grudado em mim. E ficava úmida. De paixão. "Me dá, meu Deus, o desejo dele por mim! Me dá! Me dá! Me dá!", eu parecia uma criança descontrolada. *(Tempo. Pausadamente:)* O desejo em mim era uma dor. (*Tempo.)*

O dr. CRAU me disse "Vou ter que lhe dar uma injeção porque o seu ciclo de sono está perturbado." (*Riso.*) Eu ri e disse "Só o ciclo de sono, dr. CRAU!?"

Agora não, dr. CRAU, por favor! Pedi... Eu pensei: a dor é a única emoção que não usa máscara. (*Tempo.*) Bem... um dia, Deus parece que se encheu da minha ladainha. E disse: "OK. DEIXE-ME EM PAZ. TOME O HOMEM".

Helena Gold está de costas, num auto-abraço de satisfação. Começa a tocar um bolero, e ela o acompanha, extasiada; surge um contra-regras e lhe entrega duas maracas. Ao final da música, deixa cair os instrumentos, senta-se no divã.

Tempo. Senta-se no divã. Um tique nervoso faz com que bata as mãos nas laterais do divã, enquanto fala. Cruza as pernas, elegantemente comportada. Em outro tom: Sabe o que eu descobri? Os homens não são muito diferentes. Meu pai me chamava de MEU BEM e me abaixava a calcinha. O dr. CRAU me chamava de MEU BEM e me abaixava a calcinha. O homem (o nome dele era MÁRIO) me chamava de MEU BEM e... vocês sabem. Lá vinha mais crau... Por que os homens gostam tanto de fazer isso, hein? (*Tempo.*) Não riam. É verdade. É verdade.

Levanta os joelhos, neles apóia a cabeça, pensativa.

BOM, um dia descobri que o homem – AQUELE QUE ERA O MAIS BONITO DO MUNDO, LEMBRAM? – era o mais feio... *(Cabisbaixa, baixinho:)* ... isso acabou comigo. Bem depois, bem depois... isso acabou comigo. Antes eu tive uma casa, pari uma menina. O dr. CRAU disse que eu não podia gerar porque ela (*apanha a máscara da loucura*) era genética. (*Seus dedos tocam a máscara.*) ...Estava em mim... Mas eu disse: eu vou cercá-la de amor. Na vida dela não vou deixar existir Papai Bolina, Biblioteca ou dr. CRAU algum. Vou amá-la até o limite da dor. Vou segurar a lua quando ela me pedir. Vou buscar o sol quando ela quiser. Para vê-la sorrir segurarei o sol quando estiver se pondo. A NOITE, a loucura (*alisa a máscara*) nunca vai se aproximar dessa menina nascida minha. Nunca. Não vou deixar. (*Atira longe a máscara, que cai com um estrondo e se estilhaça.*)

Tempo. Medo. Ela se deixa resvalar para o chão.

O dr. CRAU ameaçou chamar os homens fortes. (*Bate as mãos no chão.*) "Tire essa idéia da cabeça, tire, tire já!" O dr. CRAU riu muito disso. Lá estava eu de novo com meus EXCESSOS. O dr. CRAU tinha medo... medo de que suas injeções me fizessem parir um monstrinho.... (*riso amargo*:) eu, mulher-hiroshima... parideira de monstros. Eu lhe disse: "Então pare de me dar essas bostas dessas injeções, dr. CRAU!" (*Gravidade*:) Ele suspirou.... muito, muito cansado.

(*Com as pernas abertas, diante da platéia*:) Mas há algo que as injeções do dr. CRAU não podem fazer: mudar a essência do mundo. Então eu pari. (*Gesto.*) Dei outra mulher ao mundo... tão pequena e branca e doce... Ao redor dela fiz brotar um jardim. Cobri tudo de flores. Amacici os espinhos para que ela não se machucasse...

Tempo. Ela se levanta, exausta, mas tranqüila:

Antes eu me formei em jornalismo, foi quando comecei a trabalhar como uma louca.

Apossa-se da escrivaninha e começa a martelar uma (frase incompleta – uma o quê? Hebe) O mundo era uma biblioteca imensa como a biblioteca de papai, e eu lia – DEMAIS. Eu escrevia – DEMAIS. Tudo em mim era demais. Sim, quando aquele homem que era o mais bonito do mundo ficou feio, sofri – DEMAIS. Chorei – DEMAIS. Ele começou a me bater. Perdi o controle. Fui ficando assim (*Põe no rosto a máscara da tragédia.*) e mudando, ficando assim (*põe a máscara da comédia*). Mas mudando de um estado para outro rápido demais. Assim e assim, assim e assim, assim e assim. É... (*tempo, tristeza*:) fiquei descarrilada. (*Tempo.*)

Foi preciso chamar o dr. CRAU. E ele veio com seu carimbo que dizia HOSPÍCIO. E umas injeções novas que me deixavam toda elétrica. (*Tremores.)*

Por que estas injeções estão me deixando assim, dr. CRAU?

São os efeitos colaterais, MEU BEM.

(*Desorientada*:) Ah. Quando é que passa?

Acalme-se.

Quando é que passa?

Acalme-se.

Quando é que passa?

Por favor, acalme-se.

Você já disse isso, porra, não me ponha doida! (*Voz chorosa.*) Quando é que passa? Quando é que passa? *(Choro.*)

Acalme-se...

(*Chorosa, infantil.*) ...Sim... vou ficar calma. Senão tem mais CRAU, não é?

(*O tremor passa. Tempo.*) Comecei a babar. Um rio de baba. Imaginem uma pessoa adulta babando... não se admite nem que crianças façam isso! (*Tempo.*)

O dr. CRAU me deu a injeção do sono. DEPOIS me mandou para casa. Mas já não era mais a mesma coisa. No jornal onde eu trabalhava, bastava uma risada um pouquinho mais alta: lá vinham os olhares. As pessoas olhando umas para as outras. Aqueles olhares do tipo SERÁ-QUE-ELA-ESTÁ-FICANDO-DOIDA-DE-NOVO???

É difícil, sabe... (*Senta-se no palco.*) A gente vai ficando cansada. (*Deita.*) A pessoa só sente vontade de ficar bem quietinha. Como uma criança no ventre. (*Assume a posição fetal.*) Então mais hospício, mais dr. CRAU.

(*Silêncio. Tempo longo. A luz se fecha.*)

Levanta-se. A luz volta.

Depois eu voltava para casa. FOI quando elas começaram a aparecer. As outras mulheres de Mário. (*Revoltada. Começa a se descabelar, literalmente:*) Eram tantas, tantas, meu Deus, como se brotassem da terra. Quando eu reclamava ele dizia: "É A SUA IMAGINAÇÃO, SUA DOIDA". E me batia.

A revista onde trabalhava não me queria mais. Fui mandada embora – "contenção de despesa", (*põe aspas no ar*) foi o que disseram. No outro dia, quando voltei para buscar minhas coisas, já havia uma outra pessoa no meu lugar. Agora lá todos estavam felizes porque não precisavam ficar se entreolhando e se perguntando SERÁ-QUE-ELA-ESTÁ-ENDOIDECENDO?

Tempo. Silêncio. Dor.

Fiquei muito calma. Tão calma que era um espanto para o dr. CRAU. Se eu escrevia na revista, passei a escrever em casa. Um livro que se chamava A SALAMANDRA. Sabem..., a salamandra é um tipo de lagarto mas também é um animal inventado, que não existe. Que habita o fogo. Um animal imaginário... Eu sei o que é ser uma pessoa imaginária. Por isso escrevi uma história meio sem pé nem cabeça sobre uma mulher que vira uma salamandra. (*Riso.*) Ionesco não virou um rinoceronte? Hilda Hilst não virou um unicórnio? Kafka não virou uma barata? Então. Então eu também posso.

Aproxima-se da escrivaninha.

Publiquei o livro com o dinheiro da indenização da revista. Cadê. (*Procura-o. Impacienta-se.*) Aqui está! (*Tempo. Silêncio. Pondera. Repentinamente, num acesso de fúria, com exceção da luminária, derruba tudo o que está em cima da escrivaninha. Revoltada:*) Mas eu não queria saber de livro algum! Eu queria que aquele homem me amasse... Nenhuma mulher quer saber de livro, de carro, de casa, as mulheres não foram feitas para os objetos. As mulheres foram feitas para os sentimentos. As mulheres são capazes de trocar tudo: trabalho, carreira, posição, pelo amor de um homem. (*Tempo. Dor.*) AS MULHERES geram. Geram os homens, geram outras mulheres, geram sua própria dor. As mulheres inspiram. O fazer, para as mulheres, vem em segundo plano. (*Cochichando.*) O universo feminino é o do imanifestado. Do inconsciente. Da loucura? (*Tempo. Calma. Senta-se na escrivaninha, põe os braços sobre os joelhos. Baixa os olhos, como se envergonhada.*) É.... é loucura isso tudo. Eu o amava. Vocês jamais vão entender. Por amá-lo, eu não queria que acontecesse, mas aconteceu: um dia, num impulso..., por sentir DEMAIS, empurrei aquele homem escada abaixo. (*Tempo. Culpa.*) Não pude evitar. De repente aquelas eram as costas magras e compridas de papai... de repente aquelas eram as costas gordas do dr. Karl Hentz... Ele rolou escada abaixo. Fiquei com medo. (*Olha para os lados, amedrontada.*) Fiquei olhando para aquele corpo imóvel no pé da escada. (*Aponta. Tempo. Mira um ponto no chão. Desce da escrivaninha, esfrega as mãos no vestido, num gesto de medo, e começa a deixar palco, em fuga.*)

Depois abri a porta.

(*Abre uma porta imaginária.*)

E fugi.

II. O Doce Blues

Helena Gold usa o vestido vermelho e calça os sapatos vistos na cena de abertura. Usa uns óculos escuros e um lenço que lhe cobre a cabeça e lhe cai pelos ombros, à moda antiga. O palco foi esvaziado, há as cortinas brancas ou azuladas do teatro, a indicar o infinito. Restaram a bomba de gasolina, a mesa de lanchonete e suas duas cadeiras, o divã. Vemos Helena Gold entrar, caminhar até o centro do palco, e parar ao lado do divã, agora parcialmente coberta com uma manta.

(*Voz neutra:*) Música!
Billie Holiday começa a cantar
But Beautiful.

Simula estar guiando um automóvel. Vento. É enfocada pela luz teatral. Fala por cima da voz de Billie Holiday.) Lá estava eu..., solta no mundo, na estrada.... não havia nenhuma dificuldade. Estava tudo claro em minha mente: Agora eu não passava de uma ex-jornalista... (*tempo*) ex-esposa... (*tempo*) ex-maníaca-depressiva... (*risos*) e.... provavelmente, assassina. (*Voz grave:*) Pensei nessas coisas e suspirei (*em tom de pilhéria*): Oh-meu-Deus! Oh-meu-Deus! Oh...meu...Deus... (*tempo. Voz grave:*) Ninguém poderia dizer que eu não tinha motivos para pisar fundo no acelerador... então acelerei... À minha frente apenas a imensidão do mundo apontando para a estrada deserta... o azul do céu... a vegetação... um ou outro passarinho desgarrado... Da toda a biblioteca de papai ficou, apenas, a passagem de um livro guardada na memória: QUER OUVIR UMA VERDADE, UMA GRANDE VERDADE? SE LHE RESTAR ALGUMA COISA NESTA VIDA, QUALQUER COISA... AME-A... *(Balança a cabeça, numa afirmativa. Tempo. A música continua. Os violinos, a orquestra. Ela repete:)* Se... lhe restar alguma coisa nesta vida... qualquer coisa... ame-a . (*Tempo.*) ... Ame-a... E o que eu tinha, agora? Eu tinha minha filha, que estava na casa de uma amiga... o que havia me restado? Havia me restado a longa estrada à minha frente... O Grande Desconhecido que é o futuro... um frio na espinha... A liberdade....

Do corpo...

Do pensamento...

Da ação...

Eu ouvia Billie Holiday cantar a sua grande dor, a sua grande dor de amar – sempre numa medida além da conta e ter recebido tão pouco (eu sei o que é isso!).... e dirigia, dirigia, dirigia, até que a estrada acabasse – porque tudo, em algum momento, acaba.

(*Fim da música. Do vento. Silêncio.*)

Surge o contra-regras e planta
no palco a placa
POSTO MACHU PICCHU.

De repente a estrada acabou, junto com a gasolina (*risos*), então parei num posto, para reabastecer. O frentista me perguntou se era para encher o tanque e eu disse que sim, claro, evidentemente... mas ele não correu com sua mangueira grande e procurou logo o buraco do tanque..., então o que é que ele fez? O que ele fez foi olhar para mim. (*Tempo. Tira os óculos, o lenço.*)

Ele olhou para mim... como se eu não fosse o que eu sou. (*Olha para cima, perplexa.*) A impressão que tive foi que ele me olhava como se eu fosse outra pessoa... (*desvia bruscamente, para o outro lado*). Eu desviei os olhos porque não estava agüentando ele me olhar com... (*destaca a palavra, soletra:*) interesse, é isso – interesse. E vi o posto, uma pequena pousada... o sol estava se pondo. Eu não agüentava olhar para ele porque aquele rapaz... aquele rapaz... (*Gravidade:*) NÃO USAVA MÁSCARA! Eu não controlava mais a minha boca, ela disse "tome" (*gesto*), então lhe dei as chaves do carro... e minha boca descontrolada disse também: "Vou ficar".

Projeção de filme em preto e branco
onde se vê um homem jovem
que caroneia por estradas.

Desci. Começava a ventar... (*gesto*) fazia frio... Na mesma hora apareceu uma moto com um casal... (*vai até à beira do palco*), tinha uma mocinha na garupa... sabe aquelas mocinhas modernas, que usam microsshort, microssaia, microtudo? Ela riu de mim... como se dissesse "Ei! (*aponta, gesto, exaltada*), ei! Eu conheço essa mulher! Não é aquela que empurrou o marido escada abaixo e saiu pelo mundo feito uma doida???"

Corri para o bar do hotel.

Surge o contra-regras, dessa vez para acender três grandes velas que iluminarão a cena, entregar um cardápio e servir uma bebida.

(*Senta-se em uma das duas cadeiras, de frente para a platéia.*) Veio o dono (um homem gordo e sem graça), puxar conversa... E o que ele pensava? "Oh, uma mulher sozinha, vamos aproveitar! Vamos comê-la!" Então ajustou sua máscara (*gesto*) de (*voz irônica*) "proprietário educado" e se aproximou.

Ele dizia: "Também não sou casado", quando na verdade o que queria dizer era "vamos transar?"

Numa radiola de fichas estava tocando Maria Bethânia... "Meu coração ateu/quase acreditou/na tua mão que não passou de um leve adeus...", então eu disse: "Bethânia eu acho triste.... mas doce". Eu também estava usando máscara, (*ironia*:) "máscara de gentileza". Eu fingia que ouvia aquele homem quando na verdade estava mesmo era interessada em lá fora, olhando pela janela o rapaz das bombas. Que de repente aparece. Com o cabelo molhado, e um cheiro tão bom de sabonete barato! Uma mistura de juventude e desodorante Avanço! (*Alegria. Depois ternura.*) Ele me olha. (*Tempo.*) Eu olho para ele... mas não agüento muito tempo. (*Perplexidade.*) Eu vou para o quarto.... Eu não estava acostumada a ser... amada.

Caminha até o divã, envolve-se na manta.

"Ele é igual aos outros!", dizia uma parte de mim.

"Não, não é! Ninguém nunca olhou para você assim antes!", gritava a outra parte.

"Que nada!", gritava a outra. "Não seja tonta de novo! Quando é que você vai aprender?!"

"Mas eu vou amá-lo".

"E se ele não te amar?"

"O que ele me der, não importa a quantidade, vou amar".

"Migalhas!"

(*Pausa. Lentamente*:) "Todo amor vive de migalhas! ... um sorriso... um toque... uma palavra... um silêncio partilhado." (*Riso sereno demorado e auto-abraço de satisfação*).

As duas partes de mim ficaram duelando. "Que mal pode fazer? Tudo o que ele pode fazer é me dar um pouco de sua infância.", decidi. Mas não me via permitindo que ele me tocasse. (*Tempo.*) ...Aquilo era um pouco demais. Eu não estava acostumada a ser amada! (*Tempo.*) Desde a infância... eu não estava acostumada a ser amada. Eu não sabia que o amor é uma coisa que cresce... como uma árvore... eu não sabia que o amor é uma coisa que muda... a mais exigente de todas as coisas que crescem... Todos aqueles homens que conhecera... só estavam interessados em CRAU e nada mais...

Ouve-se Billie Holiday cantando Do nothing till you hear from me. *Um som abafado, que vem de longe. Dir-se-ia que vem do bar.*

Não dormi... na minha cabeça se misturava tudo: Mário caindo da escada... o rapaz... minha filha que eu precisava buscar...Então fui até a recepção e eis que ele estava lá, o rapaz das bombas. (*Tempo. Pega o telefone ao lado do sofá e simula.*) Liguei para casa de minha amiga... O olhar dele, agora, não me incomodava... Sorri..., ele me sorriu, de volta... (*Riso. Ternura.*) Eu estava tão encantada que não ouvia minha amiga me dizer que meu marido estava à minha procura... (*Tempo.*) (*Tristeza, depois perplexidade.*) Entendem? Ele estava VIVO. VIVO. VIVO.

(*Se levanta, em estado de choque, balbucia:*) Eu disse: "... então, amanhã, eu quero ir embora bem cedo..." (*Tempo. Recuperando o tom anterior, narrativo:*) Ao ouvir aquilo, o rapaz me perguntou se eu não poderia lhe dar uma carona. Eu disse "Tudo bem". "Até amanhã", eu disse. "Até amanhã", ele disse. (*Tempo.*)

De repente, o dia. A luz morna e doce. Ela pega os óculos escuros em cima da mesinha ao lado do sofá. Vai até à borda do palco, onde é iluminada.

(*Alegria:*) ... O dia seguinte amanheceu tão perfeito: o sol, o vento, aquele homem ao meu lado... (*Autoabraço de satisfação*). Então ele me perguntou: "Quer ouvir uma coisa?" ...eu dei de ombros. Daí ele tirou uma gaita do bolso e começou a tocar para mim. "Fiz pra você", ele disse. Eu disse "Pare..."; ele perguntou: "Não quer ouvir?" Eu disse "Não, não é isso..." E não era... (*Tempo.*) Era que eu não estava acostumada a ser amada, era isso... Daí eu chorei, ele não viu porque não havia lágrimas... mas eu chorei. Às vezes é possível chorar de modo que as lágrimas escorram pelo lado de dentro. (*Tempo.*) Eu chorei pelo lado de dentro.

(*De repente, toda feliz.*) Eu o convidei: "Vamos ser felizes?"

Ele disse: "O quê?"

Eu disse "Nada...". E pra sufocar o choro coloquei uma fita. E aumentei o volume. (*Ouve-se* O 5º ano nacional, *de Piazzolla, com acompanhamento ao vivo. Um som que cresce lentamente; ela diz, destacada pelo refletor:*) Era um Piazzola de Mário. (*Muito, muito excitada, ela esfrega as mãos por todo o corpo. Enquanto fala por cima da música.*) Ele passou as mãos por minhas pernas e eu deixei. Ele tocou meu rosto, meus cabelos. Eu parei o carro e disse "Vem, vem, vem!" Então descemos, ele me beijava o pescoço, os olhos, os peitos! (*Cada vez mais agitada:*) Eu ria, ria, ria! O sol ardia sobre nós, a lataria do carro ardia às suas costas! (*Ela representa durante os dois minutos e dez segundos do tango. Quando a música termina, de repente, ela entra em estado de choque. Gaguejando:*) Mas o que eu vejo? (*Põe a mão em viseira no rosto, protegendo-se do sol.*)

Mas o que é que eu vejo? VEJO MÁRIO VOLTANDO... O carro imenso como um dinossauro. Era ele... com minha menina.

Eu corri (*gesto*). Eu corri louca para abraçar a menina. (*Tempo.*) Mas... (*em choque*) ...ele não parou. Acho até que ele aumentou a velocidade. Então aconteceu: o choque (*dramatiza o choque. Tempo. Permanece parada. Em câmera lenta gira sobre si mesma. De costas para o público, assume a posição fetal. Refazendo com perfeição a primeira cena da peça. Tristeza, incerteza, questionamento:)* Eu fiquei largada no asfalto... será isso a morte? O morrer?

Começa a tocar o tema de Schumann.

(*Tempo.*) O livro *Tibetano dos Mortos* diz que quando você morrer toda a sua vida passará na sua mente, como um filme. (*Tempo.*) Eu não lembrei de minha vida... Eu senti quando ele veio, o rapaz do posto... tentando me proteger do calor do sol, com a própria sombra... (*Fim do tema de Schumann. Silêncio.)*

Eu me lembro dele começando a tocar uma música.

Eu só me lembro da música.

Era uma música triste.... mas doce.

Eu me lembrei que a salamandra é um animal feio, mas é o único que se regenera.

A luz sobre Helena Gold enfraquece até a extinção.
Enquanto isso, ouve-se as primeiras notas
de um blues, numa gaita.

(Projeção de 17 slides mostrando a estrada,
um carro com capô aberto, o pôr-do-sol, etc.)

Em outro ponto do palco a luz abre sobre O JOVEM, que está em pé, em posição diagonal com a platéia. Enquanto toca uma gaita, lentamente, gira sobre si próprio; no mesmo ritmo lento da música, se agacha. Dir-se-ia que toca para alguém deitado no chão. A luz sobre ele enfraquece.

A luz abre sobre Helena Gold, que lentamente é ressuscitada pela música. Fica em pé. O Jovem guarda a gaita. E se volta. A música continua. (Sugere-se Since I meet You Baby, *com José Feliciano.) Eles se olham: perplexos e maravilhados. Lentamente se aproximam, se abraçam. E assim permanecem até o final da música.*

Depois do espetáculo, depois dos aplausos, surge o contra-regras e entrega à atriz um lenço de papel. Ela retira a maquiagem, no palco. É a atriz quem fala: "Um psicanalista francês, Jacques Lacan, disse que uma terapia não necessitava ser longa; quando o cliente achar que vale a pena viver, basta. Obrigada."

Post-Scriptum

(A Canção Que Se Lê)

Ganhador de prêmios literários, ficcionista, dramaturgo *et coetera*. Leitor de múltiplas linguagens, Walter Moreira Santos arrebatou o prêmio Elpídio Câmara, da Prefeitura do Recife, versão 2000, categoria Teatro com este *O doce blues da salamandra*. O que terá de doce, de blues e de salamandra esta peça premiada? Helena Gold, sob a máscara da loucura, revive Maria Callas, Clarice Lispector, Camile Claudel e tantas outras suicidadas da sociedade. É a mulher em busca desesperada do amor próprio, voz, dicção e gesto, enfim, do direito *de colocar o desejo*.

Helena Gold, a salamandra, em monólogo, até os últimos momentos, quando encontra o jovem frentista de posto de gasolina, destila sua ira contra o império da plutofalocracia, contando à platéia o esgarçamento da auto-estima nos sucessivos golpes sofridos. *A salamandra – animal feio, mas é o único que se regenera* – adquire o seu direito ao doce blues, encontra a ternura, a crença na vida, na liberdade, o que se dá no momento em que se depara com o jovem frentista, que traz consigo a força regeneradora do amor, que só a juventude pode representar.

Pedro Américo de Farias

Impressão e Acabamento:
Gráfica e Editora Alaúde ltda.
R. Santo Irineu, 170 - SP - Fone: (11) 5575-4378